# 謝琴寧學校

## 人類的新未來

拾光雪松編輯——選編　戴綺薇等人——合譯

# 目次

「謝琴寧學校隸屬於俄國教育部，不收任何學費。即使不打廣告，學校仍是一位難求，而且已經有兩千五百人在等待不知何時會突然空出的名額。……孩子在這優良的環境裡親自建造房屋、校園，更打造自己的未來。他們還喜歡唱歌！在這裡，十歲的小女孩就會蓋房子、畫畫、煮飯、跳交際舞，還會俄羅斯武術。他們只要一年就能學完十年的正規數學課程，同時還學習三種外語。這裡不特意篩選或培養天才兒童，而是單純地讓孩子發掘自己內在固有的潛能。……孩子臉上洋溢的幸福神情實在難以言喻。」——摘錄自《鳴響雪松3：愛的空間》

# 《謝琴寧學校——人類的新未來》全片劇本

在黑海和高加索山脈之間，在一片神秘石墓所在的土地上，座落著一所美麗又獨特的學校。

我是維蘿妮卡，我到這裡已經一年了。我今年十一歲。我很喜歡這裡，你們知道為什麼嗎？因為這裡的每一位學生，都把自己當作老師，和正規學校非常不一樣。正規學校有嚴厲的老師，在這裡好多了。

孩子們就是老師，孩子們講課、也學習。由其他孩子來講解和分享他們的所知時，你很容易就記住每一件事；而且對小孩來說，邊學邊教更有趣。

他們用你能理解的話來講解。他們也用他們所了解的方式來解釋，所以你很容易就能聽懂。

這裡的小孩被當作成人看待——他們要對自己和所做所為負責。我剛來這裡時，感到好驚訝。這所學校真的給了我好多新的體驗，還有在別的地方從未見過的事物。這裡的學生都可以自由發展他們的思維！

我來到這所學校之後，就不再害怕問問題或承認有不懂的地方。我可以坦率地說：我不知道。因為我知道他們會教我。

這裡的孩子不會只顧自己的生活或利益。他們關心的是大自然、生態和我們的國家——俄羅斯。

感覺這裡的每一個人都是你的兄弟姐妹，大家一起進步。

在我們學校，孩子也肩負著創建學校的使命。他們在這裡是創造者。

在這個教育中心，每個人都彼此熟識。我們既不是老師也不是學生，我們是共事者，一起朝向同一個方向邁進。我們有共同的目標，我們會一起努力去達成。如果你有問題，每一個人都會伸出援手，試著幫你解決。年長的孩子會幫助年幼的孩子，反之亦然。就像一個有愛的大家庭一樣。

根據不同的狀況，每一小組會有十二至十五個孩子。年齡範圍從八歲到我的年齡二十二歲的都有，種族背景都不一樣。他們整天都在一起，共用同一個宿舍，一起四處移動，像一個小組，一起做事。

我認為就積極、真誠參與每一件事這一點來看——我們的學校與現今正規的學校是很不一樣的。正規學校是「準備」孩子去符合社會的角色；但在這裡，我們不做這樣的「準備」，我們活在當下！

我喜歡這裡，因為每一個人都能吸收到大量的資訊。在正規學校，你是在零散、不連貫的狀況下獲取資訊；而在這裡，我們一次就得到大量資訊。我們學化學——一次就學全部的化學，然後學物理——一樣也學全部的物理。不像在正規學校裡，四十五分鐘物理，然後四十五分鐘化學，你的頭腦被搞得糊里糊塗的。

沒有學校提供這樣的環境讓孩子去思考一個科目。這裡的學習方式是，一次只專攻一個科目。這個概念在我國已經討論很久了。一天不會被分拆成時段，每個時段又上不同的科目。在這裡，一次只學一個科目，直到完成為止。在這裡，學生可以深入研究化學直到徹底了解化學；學生可以不停地提問題，直到他們得到圓滿的答案為止。
我到這裡時，從一個問題開始，之後得到了答案。當我得不到答案、他們說：「我們不知道。」時，我也滿意。有人告訴我：「我不知道。」一個孩子告訴我：「我不知道。」那麼我就得自己去找答案。
我喜歡這所學校所運用的方式，你不需要死記硬背地學習。在正規學校上歷史課時，舉例來說，你去熟記一個段落，舉手，重覆你剛剛所背的，就得了「A」。但那有什麼意義呢？你所做的只是去背誦而已，兩天後你就全忘了！在這裡，我們整合所有的知識，設計一個整體性的課程，有了一個概觀的了解後，再深入這個科目的核心，探究它最深的本質。
我們的基本目標是幫助每一個人充分發展他們的能力，這是我們系統的基礎。我們會盡所能地讓每一個人成長，而且每一個人都會看見所有人為他效力，所以他也會為其他人效力。因此，我們都是這個系統的一份子。
他們為自己的教育負起責任，這一點是千真萬確的。他們自己創建學校，制定教科書。他們負責教育的程序、研究和發展，而且提供自己每日所需。大人常把孩子看做是幼小、不懂事、未開化、找不到路的人。然而，我真心希望每個大人都能意識到一個事實，就是每個孩子與生俱備了人生道路的全副知識。

我十六歲，我到這裡已經兩年了。這個學校從興建、裝潢到設計，從頭到尾都由孩子們一手包辦。我現在對如何蓋房子已經有了更深入的知識。我更擅長於繪畫，其實，各個領域的知識都擅長。我以優異的成績完成了高中綱要規定的課程。我在家裡是不會得到這些知識的。

我剛來這裡時，什麼都不會做。我甚至連手要怎麼拿刮刀都不知道。但是當我們整修房子的時候，大夥一視同仁。如果我不知道，不表示我不能做，每個人都會盡力來教我，告訴我該怎麼做。

你會學到自行開發自己的能力。看到這些牆壁了嗎？有些圖案是我自己畫的。

所有的空間，所有的建築，我們周圍的一切，全都是學生、小組和學校的作品，是孩子和老師攜手合作完成的。無論是建造房舍、家事管理、帳務、教學、組織活動、行政或烹飪，每個人都能勝任其中的任何一項工作。所有的孩子，無論是八歲或十五歲，都會參與其中。這些知識從年長的孩子傳承給年幼的孩子，或者是從那些知道的傳給不知道的人。

我們盡我們所能地去吸引有天份的孩子到這所學校來。但在此，我必須聲明我的想法：我深信所有的孩子，倘若心智健全，都是天才，都有才華和創造力。這點，我早已經由我的生命經驗，確認無疑。這就是為什麼我們不去測試他們ＩＱ的原因。重點在於：只要孩子的心是倘開的，他就是天才。所以，要喚醒他的天賦，你必須打開他的心，除去複雜的事物、緊張和恐懼。當這些都去除了，我們就會看見，在我們眼前的天才，已經走在正確的道路上了。

你必須要有意願待在這裡，否則你會無法適應。這是我第三次來到這裡。第一次我是在一個生物小組裡，但我太想家，所以就回去了。第二次我是在物理小組，但我還是很想念我媽媽。第三次我進了化學組，這次我花了一些時間去做決定，最後我留下來了。所以這是我第三次的嘗試，現在我就在這裡啦！

當然，當一個人第一次來到這裡，對學校全然陌生時，很難一下子就完全適應。你面對的是令人難以招架的多樣性，所以剛開始難免會有失落感。有些內心堅強者很快就能進入狀況，但有些人則需要時間調適。我也花了好一段時間才融入。剛開始，一切好像都是很大的挑戰——武術、舞蹈、甚至只是靠自己思考。但隨著時間過去，我也開始從內在發展出這些特質，之後一切就變得比較容易了。

你一個人來這裡時，才……比方說十三歲好了。周遭所見都是陌生人，你媽媽不在這裡。然而，這才是你要真正成為你自己的時候。遲早你都會離開媽媽的，你不可能一輩子都跟她在一起。所以你會變得更獨立，你感覺自己已經長大。你不再是個小男孩，老是由媽媽、大哥哥或其他人來幫你決定一切。你開始為自己的行動負責，真正把自己當作大人，對你自己的生命負責。你自己洗衣服、照顧自己。

我在這裡兩年就完成了高中學業。我很認真，盡我所能去學習。第一年，我完成了八年級；第二年，我一次就完成了九、十和十一年級的課程。我是生物實驗室的一份子。我們在開發一個生物課程，在某種程度上，我們已經算是科學家了。我們正在設計如何將這課程以有系統的方式呈現給其他孩子，讓十一年級和一年級的學生都能理解。這樣一來，即使是最年幼的孩子也有機會學習。

我是柯斯提亞·狄曼提夫，我來自鄂木斯克。我到這裡已經整整一年了。我才剛考完生物測驗。我十歲。我非常喜歡這裡，這是一所很棒的學校。

我目前負責帶領生物研究實驗室。我們這裡才剛完成高中全部課程的生物考試，相當於十一年的課程內容。我們的教育方式可以讓孩子們在很短的時間內，從學校教學大綱所指定的課程中，吸收到大量的學識。康斯坦丁，今年十歲，他剛通過考試，並得了A。他已經完成了全部的高中生物課程。

我們的教育方式就是這麼獨特，可以讓我們在一年之內就完成了全部十一年的課程。我們有不少案例是像這樣的。但每個孩子都應該依照自己的速度前進，不管他是花一、二、三或四年完成，都沒有關係。在學習的那段時間，內在的成長才是最重要的。我們的經驗是，如果一個孩子的內在，有過一番很大的道德及靈性成長，那麼他在掌握學術科目上就不會有問題。

我們的教育方式可以歸結為：試著將所有知識融合成一個整體的空間概念。我們鼓勵孩子，用宇宙宏觀的角度去思考，而不要單從個人、將其他一切置之於外的方式去想。總而言之，他的思維應該涵蓋整個系統，和創造本身一樣宏偉，像宇宙一樣。

教育最偉大的成就是，當孩子問了前所未有的問題——無論他是問自己、問其他人或大人——能夠由他自己來回答。他這是有了新的想法，是大人尚未發現的知識。

我在生物課時，有過一次很棒的經驗。我們當時在學細胞分裂，一位叫迪馬的男生就坐在我旁邊，約十二歲左右。我對這科目很感興趣。我在大學就已經深入研讀過了，但那時對這主題並沒有完全搞懂。我不了解細胞分裂的過程是如何完成的——染色體如何運作、個別細胞質如何分離，諸如此類的細節。他找了一個方法向我解釋——用一本捷克的教科書。他給我看捷克的教科書，然後再去參考俄羅斯的書籍。他盡他所能地回答我的問題。我看見他眼睛裡的火花，看他是如何蒐集這些知識，又如何想讓我了解。在那課程之後，我發現我已經明白了。在那一瞬間，我了解細胞分裂是怎麼完成的。這個男孩所傳授給我的，是高中、大學的教科書，甚至是大學教授都無法給我的。

孩子在這裡的發展是多方面的。我們在這裡不只做心智活動或開發新課程而已，我們還有交手的肉博戰、民俗舞蹈、合唱團、民俗手工藝等等，任何可以充分顯露潛藏內在沉睡新特質的活動都會進行。這些新特質最終都會展現出來。

在我來這裡之前，我從來沒有真正欣賞過大自然。但他們讓我看見什麼是大自然，也讓我和它連結，當然是在我的同意之下。在這裡，我沉浸在大自然裡，現在我完全了解它是什麼了。學校也提倡這樣的連結。我們每日的作息一向都包含和自然接觸的時間。每天早晨——無論夏天或冬天——我們都會跑到溪邊去泡澡。即使是嚴寒的天氣，地上有積雪，我們照樣把冷水潑在身上。這或許看起來有點嚇人或怪異，但這些與自然接觸的活動，真的會讓你變得強壯，對你的幫助很大，也會激發你的思維。

你知道我注意到什麼嗎？在家裡，你只會懶洋洋的，什麼也不做，或只是玩。但在這裡，如果你什麼都不做超過十分鐘，你就會無聊得受不了。真的，你知道，如果我看到有人在洗地板，我沒辦法光坐在那裡看。我內心會有股衝動，想跟她一起洗地板。現在我根本無法想像，之前在家裡，怎麼老是找藉口不幫忙家務事。當我回家探望時，我對電視不再感到興趣。教科書有趣多了。我會坐下來，打開一本書，然後研讀，都是我自動自發的。如果不讀書，我實在過不下去。訪客問我們會不會想家，在這裡我們根本沒有時間想家。這個念頭或許偶爾會在腦海中出現，但它根本沒有誘惑力，因為你壓根兒不想回家。在這裡，夏天甚至比冬天更有趣，在夏天，我們會有新的活動計畫，去果園採草莓、櫻桃、蘋果、桃子。這些都很有趣。

傍晚，我們會聚在一起，回顧一天所做的事，去檢視這一天裡每個人成長了多少。我們會為將來制定計畫，然後看看我們該如何進步。我們也會去檢視團隊裡的凝聚力或是否有任何的衝突存在。這是團隊中每一個人都可以發言的一刻。

試想一下：人產生了最高等的良善——即思想。但你要知道，思想並不是訊息本身，它是訊息的品質。與其把訊息塞進孩子的腦袋，我們必須教他重組訊息，以提高生活的品質。思想是人最主要的創造力，是創造全體利益的一股能量。我們不只是在反映現實，我們是用思想在創造現實。這是人主要的志業，也是每個價值的主要根源。

我認為，在一個人的生命道路起點，最重要的教誨，就是教他認識生命、知曉人生目標。

除了標準的教育課程之外，這所學校還提供實用的生活技能和知識。這裡的教學方式，可以讓孩子一畢業就會蓋房子。他參與烹飪，那麼他就知道怎麼做菜。他參加舞蹈或編舞，那麼他就會愛上跳舞。他也能夠防衛他自己。學生所獲得的知識，也會傳承給其他人。

我現在對世界有不一樣的感受。我看到的每一根草都是一個活生生的生命。當然，我以前就知道，但不像現在感受這麼深刻。我現在了解到，確實在我們周圍的一切——包括我站在這裡，呼吸這空氣，以及我周圍所有的樹——全部都是這個世界、這整個存在的一部分。

我還想補充一點，孩子在這裡會接受靈性教育。他會看見，他能影響自己和其他人的命運，那是他自己可以創造的。他是自己生命的主人。生命是不能去準備的，而是活在每個呼吸的當下。你不能「倒帶重播」已經發生的事。如果你看得夠清楚，你會為自己的每一個行動負起全部的責任，因為你知道，無論你做什麼，最終都會回到你身上。你如何對待別人，別人就會如何對待你。

我喜歡這裡，因為這裡的人在靈性層面有更高的覺醒。他們更重視生命和環境的意義。我到現在才意識到神、每片葉子或地球上最微小石子的重要性。如果細沙在幾分鐘內從海邊消失了，整個世界將有所不同。所以，這所學校是人道的真正體現。這學校是人類未來的開始。我想很快就會有很多學校像這所一樣，而所有的孩子都會去這些學校。俄羅斯會變得更好、更強大，其他國家也會有這樣的學校。你們能想像，那會是多麼強大又永久的和平嗎？就是這麼地棒！

回想當年我在學校的時候，和這裡的孩子共事確實讓我留下了美好回憶。我唯一有所保留的是，孩子沒有任何的空閒時間及私人空間去探索自己的創造力。孩子是因著單一的一個大願景聯結在一起，他們都是在米哈伊爾．彼得羅維奇．謝琴寧的指導下在同一條船上航行。當然，這個方向也許並不完美，也可能無法符合每個人的喜好。任何一件事要做好、要有創意且合宜，需要相當的紀律與服從。至於民族自尊心，俄國人敬愛國家的態度和捷克民族有很大的不同。在這所學校（正如同整個俄羅斯），這種態度有時接近於個人服從於集體。

在泰克斯村的這所謝琴寧學校，於一九九四年創立，目前僅收十二至十八歲的學生。雖然可能有地方仍待改善，最主要的，它是一個極大的鼓舞！

# 觀影後問與答

對談者：拾光雪松出版社、雷歐尼德．莎拉旭金（Leonid Sharashkin，影片權利人）

一、這部影片是由誰拍攝、製作的？

影片是由捷克實習生拍攝製作的，其中有一位是專業電影製片人。他們到謝琴寧學校是想了解，怎樣在捷克境內成立一個類似的學校。

二、學校裡的孩子要考試嗎？

要！有些考試是政府規定的。他們結束一個課程後，必須要通過考試。

三、他們有多自由呢？學生能否不修數學便逕自選修生物？學生是否要參加所有科目的考試？或只需考選修的科目？

他們最終還是要涵蓋所有領域——這是政府規定的。但通常，他們會深入專研自選的一項或多項科目。另要說明，他們並不視「科目」為個別獨立的科目。對他們而言，這些科目都是一個完整學識的一部分，他們會注意到所有科目之間的關聯性。總而言之，對他們而言，重要的不是科目，而是藉著科目提升人格並邁向真理；學會之後，也可以為他人服務。他們的確自己寫教課書、開發教材。

四、有沒有需要上必修課才能畢業？

就像其他學校一樣，要修完一般的課程，像是：俄文、數學、物理、化學、生物等等。

五、如果有孩子不喜歡某個課程，但他不得不去上，他們怎麼面對這個問題？

有些課程所有孩子都必須上，這是國家規定的，不管他們喜歡或不喜歡。他們稱之為「回力棒」——做你該做的事，遵守規定，然後回到你原來的地方。

六、孩子可否選擇放某些假，然後隨時回來？

可以，但大多數會配合學校作息。他們所屬的組別會確認他們的缺席不會影響到整體。

七、你說你曾在那兒教過兩個月。所以他們有臨時教師？

大部分的情況是，誰最了解該科目，誰就來教其他人。常常可能是一位十六歲的學生教導十二到十五歲的同儕。但如果有某人專精某些學校無人熟稔的科目，學校會以實習老師的身分來聘請他。學校也有幾位「專任」教師，大部分是畢業的校友。

八、我讀到你女兒也曾就讀該校，能不能多分享些在校經驗？

二〇一〇年夏天，她曾在那兒試讀了一個星期。那一個禮拜的體驗非常寶貴，但她不想待在那裡，和家人分開。我覺得這決定是適合她的。

九、學校的組織架構還是讓人不太明白，因為他們說他們並沒有教師……你是否有更詳細的背景資料？

孩子分成不同組（通常是根據他們同住的房間來分配），各組大都自我管理。每組有一位名義上的組長（其職位是輪替的，好讓每人都能輪流做組長）。但整體而言，他們的自律能力非常驚人，就像群居的蜜蜂。蜂巢裡沒有誰在「總管」，但是每隻蜜蜂都知道該為公眾利益做些什麼。

十、謝琴寧校長怎樣傳授孩子知識？他住校嗎？

他住校。他幾乎每天都有時段和孩子在一起；有時是一起唱歌，有時是討論等等。

十一、學校有多少名孩子？怎樣才能入學？

大約有兩百名，我估計（但人數經常變動）。有興趣的人可以在暑假期間親自去申請。他們的網站上會公佈日期。

十二、孩子沒有隱私，學校有想過改善這種情況嗎？或者這完全不成問題？

我認為這是刻意安排的。我想學校的目的是要看，當你為團體而非為自己或個人利益工作時，究竟能達成多少。除此之外，要和其他八個孩子共居一室，會讓孩子學習如何與他人和睦相處、學習團隊合作。最終，房間大抵只是用來睡覺的地方。他們的日常生活，除了睡眠外，排滿了活動，待在房間的時間相對是很少的（可能一天不到兩小時）。

十三、他們在影片結束前，提到「雖然學校仍有待改善」，這「有待改善」是指什麼？

這是電影製片人的意見。從西方文化的角度來看，他們認為缺乏隱私及高度紀律對學生有潛在的限制。然而，你必須了解俄羅斯文化的內涵：集體總是高於個人主義。當然，課程方針是由校長謝琴寧制定，但我不知道還有其他更好的方式——你總不能有艘船卻沒有船長。也就是說，你或許可以，但你可能永遠無法達到目的地。

十四、每個人都可以拜訪這間學校嗎？

可以，不過必須事先知會他們，他們會安排一個時間，帶訪客進行三十分鐘的導覽。

十五、他們何時更改了規定，只有十二到十八歲的學童可以入學？為什麼他們要做這樣的變更？

我不確定何時，可能是二〇一〇年到二〇一一年之間。他們是間寄宿學校，十一歲以下的孩子要離開父母幾個月，對他們來說是很困難的。這個年紀的小孩還是需要父母在身邊。

# 《追求真正自由的「生活學校」》片段摘錄

芮吉娜．詹森著（Regina B. Jensen，Space of Love雜誌前編輯）

「在一所自由的學校，孩子及教師都是自由的。這樣的學校並不多見，但確實存在，因此理想是可以實現的……教師可以大力激發每個孩子潛藏在內的自由天份，就像啟發音樂、運動及美術天份一樣。這裡就是一個人什麼都能做的地方，因為孩子會受自由真誠的人所吸引，進而信賴他們、仰慕並感謝他們。」——米哈伊爾．彼得羅維奇．謝琴寧

要進入謝琴寧學校並非經過刻意篩選，而是由專人細心帶領他們參觀學校的環境，讓他們參與一段時間（約二個星期），再讓他們做決定。屆時，即使是年紀小一點的也會因為仔細觀察而注意到，如果要在這個具有非凡創意、高度生產力的合作學習團體裡，成為其中快

樂的一員，有些行為及心態是必要的。他們會體驗並觀察到，必須將某些特質帶到學校來，舉例來說：

- 願意由衷珍重自己及他人
- 有能力且熱愛「思考」
- 願意將你所學教會他人
- 有與群體互動的責任心，意即有互助合作的歡喜心
- 能自我有條不紊
- 喜歡與人相處
- 願意交談溝通
- 喜歡有創意的活動

像這樣的自我篩選過程，自然而然會讓那些不喜歡這些特質的孩子卻步，甚至感到乏味。畢竟，他們要離開父母親及家庭環境，全然生活在這樣的團體裡。

# 世界上最好的學校、地球上的一個奇蹟！

阿克西妮亞．莎姆伊羅娃著（Axinia Samoilova）

現代的孩子，由於是在消費型社會下成長，因此難以去掌握或教育他們。大多數家長對他們教養孩子的方法不管用而感覺到挫折。媒體、社交網絡和電腦遊戲似乎已經取代了家庭和學校的角色。教育變成了永無止境且毫無意義的競爭。人人都在談論教育系統的危機，在很多國家，有家長因為太失望而創辦私立學校或是轉為在家教育。究竟什麼才是對未來最好的選擇呢？

身為一個小女孩的母親，我不禁自問，怎樣的學校才適合女兒。我們所居住的奧地利，有公立學校、典型私校，或非傳統學校，也可以選擇在家自學。然而，所有這些選項，都未全然涵蓋我所了解的教育。某些重要的本質在這些類型的學校裡都不存在。

一年前（二〇一四年），我得知，在俄羅斯有一所辦校傑出的寄宿學校，似乎滿符合我的理想，所以今年我和我先生便一起走訪了一趟。

這所學校位於俄羅斯最南端的黑海沿岸。我們七月去的時候，發現學校裡滿滿都是在讀書的孩子，完全不像在放假。「我們想放假就放假。」這是一個學生給我的回答。除此之外，我們還遇到很多來參加試讀的孩子。我們問一位母親，為何她女兒想來這學校就學。答案是：「來成為一個真正的人。」那正是我要找的答案！

我們先來看看學校的一些實際情況和第一手印象。

一、這是一所專收十二到十八歲學童的寄宿學校，只要在這年紀範圍內者都可以入學。

二、入學一年之後，很多學生便通過中學畢業考（俄羅斯聯邦標準考試）；依據學生的能力不同，有些在兩年後通過考試。

三、通過考試後，學生大都選擇留在學校，繼續以遠距學習方式，在一些俄羅斯大學或學院修課。一個青少年屆臨十八歲時，通常會獲得一兩個大學文憑。

四、每天早上由五點半開始，到傍晚九點，他們讀書、蓋房屋、創作藝術繪畫、做手工藝、八部人聲合唱、練習武術、跳專業水準的民俗舞蹈、自己烹調膳食、忙行政工作，還有撰寫自己的教科書。傍晚時分，他們一定花一小時來省思這一天，並反省自身及彼此和世界的關係。

五、學校所有的設施，如讀書室、禮堂、行政室、烹飪設施、餐廳、洗手間、盥洗室、宿舍，還有所有其他設施等，都是由學生設計建造的。更特別的是，他們的成品充滿著優雅和美感，反映出學生內在的天性與外在的技能，以及學校活動優異的品質。

六、每週一次，他們有政治專題，他們會看重要的新聞，分析討論世界上發生的事情。

七、學校裡的孩子也有智慧型手機，他們從中得以迅速取得研習主題所需要的資訊。對於電視和電玩，他們不是沒興趣就是沒時間。

八、所有的學生都有著出奇挺拔高貴的儀態，說著一口流利優雅的俄語，令人印象深刻。他們彼此交談及與訪客談話的方式，也十分讓人讚賞，非常友善、彼此尊敬，這在現代的青少年裡很少見。他們的態度專注親切。

九、學習方法的核心原則是，將所有科目系統化並整合。他們學習如何認識科目的本質，如何找出和其他科目的關聯性，還有如何將世界視為一個多層面相互依存的系統。他們學習從細微觀察的世界裡，發現宏觀的宇宙，也學習如何視萬物為一體。

十、另一點令人驚訝的是，他們將紀律和靈活性結合到一個我前所未見的地步。這值得另寫一篇長文了。

十一、著裝標準：女生自己決定不穿短裙、不化妝。及膝裙子和洋裝是女生主要的穿著。沒有牛仔褲，運動褲只在運動時才穿。男生大多穿襯衫。武術練習時，則穿著軍服式樣。

十二、孩子在一天裡的任何時段都勤於學習！我在傍晚七點教了一些德文課，他們的注意力和興趣都還是清新盎然（想想他們早上五點半就起床了）。

十三、儘管有如此令人讚嘆的成果，孩子依然保持謙卑。

十四、這所中學在俄羅斯聯邦教育部的制度內，不收學費。即使學校沒有做廣告，也完全額滿。

十五、學校裡有些學生從不同國家來，或是有不同的宗教背景。

十六、在學校裡，學生非常專注學習各個科目。我們可清楚觀察到，其心智也在同時間快速發展，他們的心靈在經歷潔淨的薰陶，身體也因各項體能運動而強健。身心靈的合一和栽培，在這裡有美好的實現。學校深入探討人類的演化——過去、現在和未來，學生也有完全的意願要為邁向未來的人類進化做出貢獻。

這些呈現出來的事實都相當令人驚嘆，但是背後還有更多值得一提的！想當然爾，學校創辦者和主持人必定也有超凡脫俗的性情。我很幸運能有機會和這麼傑出的人士談話學習。

米哈伊爾·彼得羅維奇·謝琴寧是一位有四十年資歷的非傳統學術研究者。他開始從事教學時，非常熱衷了解一個天才的天性。要如何才能保有孩子內在的天賦呢？他後來了解到「均衡使用左右半腦，發展全面能力」的必要性。

然而，謝琴寧教學法的核心理念並不在培育神童，而是教育出心智、身體和性靈都完全發展的美好人類。這個學校的孩子個個有愛心、樂於關懷和付出、為集體著想、有責任心。他們的理想和目標既有力量又清晰。

我從謝琴寧的教育哲學中，歸結出三個基本原則：

一、學校不是為生命做準備，學校就是生命本身！

傳統的教育灌輸我們，在學的前十一年我們應該為生命做「準備」，之後我們去上高中，那也是為生命做「準備」，爾後生命終於開始——這真是個荒謬的概念。很多人回想他們的在學時期，儼然是生命中最黑暗的時光——或許根本不算活著？

謝琴寧相信，我們可以（也應該）把在學校的每一天當成我們的生活經驗。這樣一來，每個孩子就會主動參與有意義的活動，例如種菜、建築、繪畫、烹飪、清潔、舞蹈、養蜂等等。真正的創造和給予實際的幫助所帶來的喜悅，最是令人振奮的。

二、認識每一位孩子。

謝琴寧徹底認識並了解他所有的學生。他非常愛他們，每個人也無時無刻感受到他的愛，更別說學生有多麼敬愛他了。雙向共享的愛和尊敬，創造了這個豐碩的合作基礎。

三、每個孩子都應該知道自己生命的意義，了解自己的根，看到未來的目標。

謝琴寧的目標，無非是全體的利益、母國原鄉的健康幸福、整個世界的轉化。他在孩子面前設定了非常高的目標，孩子受到啟發，心懷感激地浸淫在這哲學裡（老實說，誰不會呢？）。人類歷史的最佳楷模顯示，當人受到高尚理想和目標引導時，能有驚豔的成就，並帶給人類真正的改善。讓我們捫心自問，我們在孩子面前，究竟設定了什麼樣的目標？

在這睿智的教育哲學薰陶下，學校的畢業生均擁有卓越的能力：他們永遠在追求最好的解決方式，來改進他們所接觸過或引發他們注意的每件事物。最近，有孩子在法律學院的期末考中，回答完所有題目後，又在每一個考題下方提出了具體的法律改善方案，令主考師長嘆為觀止。

目前，全校正著手進行一個「通用老師」的規劃案，計畫與俄羅斯一所專門研究教育的高中合作，開發一項課程教案，讓通用老師可以教授所有的學科（例如，到村落學校教課）。

謝琴寧夢想創造一所「第三千禧年的學校」已經實現。我們一同期許，在這已經開展的第三千禧年世代，我們可以真正從他那偉大的模範中學習，開始建造一樣的校園，至少能實施一部分這所了不起學校的學習模式。

以下是我們這當代偉大的傳奇教育學家，米哈伊爾．彼得羅維奇．謝琴寧的一些銘言：

「我們身為教師的工作，就是將慈愛擴大到無限。」

「我們看著教育逐漸變成兩面謊言：年輕人假裝在學習，年長者假裝在教學。僵化無彈性的教育方式，徹底壓搾了人類原本強大的性靈能量。」

「在我們現今的世界，整個教育課程已被分割成各個分歧的面向，各行其道、互不相干。世上的觀念和想法已經扭曲，成了一條條孤立的『甬道』，其分歧之大，有時讓學生難以相信，其實他們都是這整體的一部分。藝術的力量，就是能將瑣碎分離的現象綜合在一起，創造一個全面的教育及教養系統，並將一個完整的世界觀深植其中。」

「我們不只非常重視音樂、視覺藝術和舞蹈，還有一點很重要的是，這些都是學生每天在日常生活當中必須去深刻感受的，這也是整個教育理念的關鍵所在。」

「總而言之，為何個人身心和諧的概念這麼吸引人，而且這麼有成效呢？因若是個人能達到身心和諧，便懂得珍惜世界的和諧，視之為世上的瑰寶，並能維護其正直無瑕——那歷經百萬年演化所持續不斷創造出來的和諧。」

「過了這麼些年，我還是堅守著『人可以成就任何事情』這個信念！就是透過體會這一句老話，我們創立了這所多功能的學校、開發整個學校系統，學生也因此有所發展。我們的目的不只有『學習知識』，我們不是永無止境地演練、重複背誦、資訊填鴨，而是教育一個人，讓他能有和諧的生活，能在社會裡和諧地運作。當他看見並分析他生活周遭的現象，可以感覺到其中的關聯性，從而認知到這個世界是一個整體，那麼無論他成為什麼樣的人——工程師、物理學家、化學家、建築師、老師等等，他終會了解，他是在邁入一個整體、完備、合一的世界！」

# 真正的教育每日展現奇蹟！

尤瑞・史密爾諾夫著（Yuri Smirnov，vedicrussia.com/ecominded.net）

我們編輯和我很感激有一次難得的機會，訪問到米哈伊爾・彼得羅維奇・謝琴寧——謝琴寧學校創辦人。我們倆都清楚記得當時聚精會神聆聽謝琴寧的情景。他說話的時候，不時會抬起頭來，仰望一下天空。以下便是學校的介紹，這樣的講解，他已如數家珍地多次解說給無數好奇的訪客了。

「我們在十五年前，和這裡的孩子一起開始草創了謝琴寧學校。雖然當時我們有明確的概念，要建立什麼樣的學校，不過我們沒有打算雇用專業老師。除了讓孩子自己編寫教材外，我們也沒有教科書給他們。我們心中有一個目標，就是建立一個我們理想的學校，於是就這樣開始了。學校所有的一切，都是一九九三年一起來到這兒的人所建，這些人並肩扛起挑戰、披荊斬棘開創了這些。

「孩子負責這裡所有的作業，你們所看到的一切，都是他們工作、構想及夢想的成果。孩子是夢想家，他們夢想自己長大後要成為怎樣的人。他們最終在社會上的位階是什麼並不是太重要。然而，一旦他們憧憬了自己的未來，他們會從夢想及浩瀚的高度中回過頭來，在此刻、此地、從自己的生活中，開始築構自己的生命，以達成廣大的夢想。

「重點在於，身為教育者，首先且最重要的是，我們必須了解，孩子天生便是生命的建築師，但他們這股力量必須得到支持。他們是自己生命的建築師，因此也是自己家鄉的建築師，是這個星球上生命的建築師，更是整個宇宙的建造者。這裡所有的課程都是孩子自行主導的。

「我覺得，和孩子就生命的基本價值達成共識是很必要的。我會仔細聆聽他們的問題和回答，並誠實答覆他們以幫助他們界定自己的價值觀。」

在一次公開電視訪問中，謝琴寧被問及有關孩子涉入政治的問題，他對此議題的態度非常堅定，他說：「孩子雖不必要當俄羅斯的總理或聯邦部長，在他們的想像空間裡，他們應

# 謝琴寧學校實景

я слава отцов,
ВЫХОД

該能夠自由殷勤地思考這些相關問題。」他對此表達了相當好的意見：總理和國家的孩子一起思考國家的前途是很重要的。根據宇宙的「同性相吸」定律，如此才能真正的攜手創造。

謝琴寧同時也提醒我們孩子真摯的力量。他覺得，這世上沒有任何東西比得上孩子的真摯，因為孩子無論在任何地方生活，都是那麼深切完全地投入。他說，他們是真摯本身的體現。

「人類究竟是什麼？人是最大的奧妙。我們所做最有傷害性的事情之一，就是去教孩子。世界各地都一樣，只要想想我們實際對孩子所做的，因為我們根本不知道他們的真正本性。我們安排每天、每小時的作息表，然後支使他們該做什麼。說到底，我們連我們要教導的對象是怎麼樣的人都不知道，還振振有詞。」

謝琴寧覺得，孩子要學習物理或其他具體科目並不重要，他覺得這些對孩子都很簡單。他認為更重要的是，孩子要學會如何同時與生活中的物質及精神層面互動。

「重要的是，他們該如何和這個世界合作。至於物理、化學、數學——一旦你習慣了學校裡的學習節奏，要學這些科目就很容易了。」

在訪問謝琴寧的時候，我們兩人對這位非凡人物全然的臨在都留下了深刻印象，也難怪在訪談中，他多次提到活在當下的重要性：「學習過程最基本的便是態度，那是學習的主要核心：一個人對存在及生命的意圖心。」

而他也多次重複這點，以確定這重要的概念能夠仔細地被定義出來：「對生命本身——即當下——的態度，而非專注在某些腦海中對未來生活的投射。

「我現在，此時此刻，為當下所有大千眾生創造的要是何種價值，方能得到我所渴望的未來？比方說，如果有一天我想要某個特定的東西，我現在，此時此刻，該做什麼，才能創造出那個未來？」

「在無人教導、除了生活本身之外的情況下，我們似乎是帶著直覺意識去接收生命。」他說。謝琴寧的教育方式強調，教學在於共同體驗，並且是在教的過程中共同體驗。關於這方面，我們自己也在自行選組的小組中觀察到。在各組裡，孩子忙著相互教學，甚至有年幼的孩子教導年長的孩子。對他而言，教學過程本身就是共同參與的本質。

這位了不起的教育家在討論他深切信念的同時，他也身體力行，實行著他所解說的這些觀念。你會感受到他對每個人最深的尊重、全然的臨在，以及仔細傾聽的態度。

「人，」他說：「是從生命本身而來。他是上帝所創造，我們只是接續地與人一起共事。」而最重要的，從他那顯而易見對靈性深刻的連結中，他問了最重要的問題，是每位老師都應該自問的：「為什麼我們認為我們必需去教一個人——人類？當人對他神聖源頭全然敞開的時候，我們究竟是在教誰呢？」

和他談話可以清楚地看到一點：意識到人類的起源是神聖的，以及認同人直接來自造物主的神聖光芒，是最重要的。

「當我們了解到人的更高本性，並非常細心地和此更高本性相互合作時，我們會以良知去建立生活；當我們將這更高的本性融入到生活中，它便會開放並自行彰顯出來。」

我們注意到，有趣的是，進入謝琴寧學校就讀的孩童，都是從一般家庭出身的普通孩子。然而，當你到了學校並和學生講話時，你馬上會有不同的感受。尤其是他們對生命自覺醒悟的態度，均充滿了共同創造的責任感！

其中一位學生，艾琳娜．歐希波娃，入學時才七歲。她四年便完成中學教育，十一歲便進了大學，順利畢業後便開始在謝琴寧學校工作，並成為其中一位指導者。如此快速的進展對於這所學校的學生來說，並不是什麼大不了的事；相反地，對大部分學生而言，這是滿普遍的現象。以下是艾琳娜針對有關謝琴寧學校教育系統的問題所做的回答：

「我們系統的核心理念之一是，人首先必須不畏懼生活中的障礙，要有無畏、開放的態度。對我而言，我們從謝琴寧的非凡教育所獲得的，就是我們有能力從一個完整、有系統的角度來思考事情。我們已著手發展整合性課程，例如整合物理、化學及天文學。當孩子從整體的角度來思考事情時，他們會保持一個開放活潑的態度來看待主題課程。我們試著將一切都和生活連結在一起；對於世界上所發生的事件過程，我們總是試著提供給孩子全面的資訊。孩子是我們在科學上的通力合作者，他們協助發展這些新系統——你在這裡看到的每一個人，所有的孩子，都是我們的合作者。」

「孩子從世界各地來到這裡，他們帶著對未來的憧憬來到此地。事實上，到目前為止，他們已實現了如海洋般浩瀚的夢想與創意，我想這是沒有任何人可以阻擋的。」——米哈伊爾・彼得羅維奇・謝琴寧

# 米哈伊爾．彼得羅維奇．謝琴寧二〇一一年訪問語錄

尤瑞．史密爾諾夫記錄（Yuri Smirnov，vedicrussia.com/ecominded.net）

「為了將我們的對話稍微做個引導，讓我跟你們說說，我自己是怎麼了解我們在做什麼。

「談教育，就跟談星星、談永恆、談無限或談宇宙的距離一樣。關於對教育的理解，我想我就不多說，因為孩子是一種宇宙現象。

「孩子不是生活在公寓裡，也不是在教室裡讀書，他們是生活在整個世界裡，一直如此——處在所謂的萬象（ALL）之中。那是童年才有的特質——生活在萬象之中，為萬象而活。唯有這偉大無盡的萬象一直在他們每天的生活當中；唯有他們了解，他們的行為都在萬象之內，他們的生活才有意思！」

「我認為，現代生活中的許多問題，都和我們自己所創造的人工世界有關。而我們認為，這世界，亦即宇宙，輕易就能接納我們。然而，和我們打交道對宇宙來說是困難的。我們創造了人工世界，要兒童生活在其中有些地方是特別辛苦的。我們的任務是協助他們脫離這個人工世界，協助他們進入大自然世界，一個有星星、甘菊、綠草原、山丘、河流、海洋的世界。

「這是基本的基礎，我們賴以工作的所有方法特點的基礎。我們策略的整體目標是針對下列問題：身為人類，我們究竟是誰？我們應該成為什麼？我們周遭的世界究竟是什麼？對世界而言，我們究竟是誰？世界對我們而言，又是什麼？其他一切均由此衍生而出。我是指，我們用的方法理論不是重點，不是方法重要，而是我們所針對的，其意義、目的才是重要。也就是說，方法可以改變，但對準的意義、目標不可偏離，這是很重要的。

「總而言之，重點不在方法，或怎麼運作；重點在於意義，你是為了什麼而做事。關鍵問題一定都是：意義、目的何在？是要創造和諧、完滿、美麗，藉由愛、用愛心去做。因此，每次都必須了解，以愛、因著愛而被創造出來的人類，除了創造愛之外，無法以其他方式生活。透過效仿我們祖先世世代代和數千年來的生活方式、所做的事情，孩子的生活得以充滿創造和諧的抱負，這是很重要的。因此，我會對我們所有的職員都清楚表明，別想去模仿高科技的教學方法或教育；相反地，要著重在帶著知覺意識去接觸每件事。我們不希望歸功給自己，好像我們發明了一種特別的方法。我們是想服務人類，觀察他們的天性，每次去回答周遭世界所產生給我們的額外問題——為什麼地球會轉，日本發生了什麼事，今天利比亞發生了什麼？這些是給我們最直接的信號，在泰克斯村這裡去做些改變。

「從這角度來看，我們有必要去了解、整理國內及國際教育課程的規定資料。我們相信，經由妥善整理並整合這些龐大的資料，我們可以騰出一些時間給孩子利用，讓他們能和周遭的世界公開互動。因為唯有透過這種交流，他們才能參與現在周遭世界所發生的每件事。

「主要的是，保持最高的生活能力。我是指，面對身處的世界，他們能採取行動，以改善其品質。」

「我們這裡一般認為，現階段主要的任務，是保有孩童的『宇宙』本質、保有他們神聖的本性，不要用已經壓迫到孩子的失敗去摧毀他們；這失敗是現代文明的特徵。我所指的失敗，是他們覺得格格不入的感受，沒有足夠能力去面對世界所發生的事。

「人的生活中發展出不同的團體與社會，是人遠離了其原始本性，不再展現神聖天性時所產生的一種現象。然而，孩子生來高度純潔：他們是宇宙及神聖的生命。當他們進到社會，他們得打破自己，而社會也將其各個準則加諸在童年時期，使得兒童無法發展。他們只有越來越封閉自己，變成一個上鎖的箱子；他們焦慮地生活，沒有他們經常聽到的歡樂與愛。

「我是指，我們必須認真看待事情，重新審視價值。當我們今天在聯合國安理會說，我們希望協助利比亞的民主，之後卻開始用炸彈襲擊他們，這完全是在製造瘋狂。為了同樣的民主主義，我們去攻擊南斯拉夫、伊拉克及阿富汗。我們追求民主，似乎那就是最終結果。然而，更重要的應該是和世界、宇宙及彼此建立關係和和諧的往來。我是指，孩子應該在這樣的真理之下做事。

「同時，我們不是叫他們只坐著、等待我們去替他們達成這個真理。應該要鼓勵他們自己去創造這真理，用其天生的才華和能力去做。他們是巨人，是無限量的。所以我說，學校應該發展孩子之間的對話，使之成為宇宙、神聖的現象；而現代社會，很遺憾地，卻要求孩子進入社會並去適應社會。他們誕生在世不止是要展現自己，而是要宣揚並改善其父輩、母輩、地球及家鄉的生活品質。我們應該從旁協助孩子，讓他們之間的對話成為神聖的現象，並且幫助社會，因社會早已經遠離造物主了。」

「是這樣的，孩子是憑著感覺行動，那是他們『先天的』樣子——他們隨著天性說話，隨著天性生活，他們也隨著天性直接、立即地表達愛。對他們最基本、絕對必須的，就是絕對的和諧。如果他們認定絕對和諧，他們就是孩子。如果他們逐漸認同我們世界的不和諧，並開始痛苦地注視一個個不和諧的事情發生，身為人類的他們會逐漸凋零。這也是為什麼，我相信，我們也應該秉持天性去生活……我們也是孩子，而為了在現代世界生存，我們應該秉持天性去愛、去創造真正重要且必要的事情。我們不應該去分析我們所創造的東西，並為此得到嘉許，我們應該隨時隨地確認事情的本質。例如，有人問，有沒有世界末日？沒有，我說，去過踏實的生活！地球會毀滅嗎？地球會照它所想的那樣存在！死亡是正常的嗎？我們今天看待它的方式是不正常的，生活才是主要的！

「這就是我們必須要注意的，無時無刻注意先天的必要性，並肯定它。我們低估了文字的意義及人類的思想。我們最主要用以創造的，是我們的思想、我們面對世界的態度、我們看到世界和諧的渴望。無論如何，我們都必須一直如此肯定！沒有戰爭是『必要』存在的！沒有衝突是因先天行為而存在！也就是說，無時無刻都要為此努力，往這個方向走。這就是我所謂的先天必要的生活。我們就是這樣走到今天，作為一種生活方式；我們隨時隨地肯定它——在與他人的關係上，在對父母的關係上。他們的關係應該如何呢？和諧！我們和自然的關係又該如何呢？當然是和諧！我們應該傾聽它，否則它不會接受我們成為它的一份子。以此類推。例如：我告訴你光。你是光。那是一種賦予。

「總而言之，我的意思是，我來，是帶來和諧；如果我來，我帶來秩序。這是我的力量，我的責任義務，先天賦予且必要的，而且我無法接受任何其他方式。是的，要聲言『先天必要』對我是困難的，因為我們『瘋狂』的社會不但不做它該做的事情，還摧毀了人類數世紀、數千年來所建立的許多東西。這是很重要的。我們的責任義務還有很長的一條路，才能達到和諧。這是我們的責任，或許也是最重要該做的事，立即回應生命的需求，馬上，此時此刻。這是我們的義務，即：不拖延、不拖到明天、不要等到你來了的那天才做，我馬上就回應你的要求。有人打噴嚏——祝福他！有人敲門——開門！

「人應立即回應，這是人的義務，但目的何在？是為了維護和平、維護生命、為了延長其生命、為了回復活力、為了美；為了我們現在所說，但卻因為某些原因而被推遲的一切。在這『生命的活組織』當中，一切只有美。用美、和諧、愛、真誠來行事。我是指，每次我平心靜氣下來，理順事情，我會做到必要之事；如果我不能心平氣和，不能理順事情，我會做出非必要的事。這也是為什麼，當孩子在非必要的情況下長時間坐著，當他們必須先花上十一、甚至十二年的時間去學習一切，也就是說，當我們將他們從這個『生活矩陣』中拉走，然後又說：『但是他們沒有時間去注意關聯性，因為一位傳統老師強迫他們去寫東西……。』那就是他們的行動偏離了生活矩陣，為了做而做；然而，由於已經這麼久沒有接觸，他們早已忘記來的目的是什麼了……。

「這也是為什麼，我們和孩子交談時，要視他們為活生生的靈魂，不要將一些社會想法加諸給他們，因為即使之後他們差不多消化了這一切，他們仍會喪失成為活躍靈魂的機會。不，他們必須立刻從頭開始，因為他們會迷失、會忘記。也就是說，當他們進入世界後，我們就失掉時機了。他們需要跟世界建立關係，和它互相依存地生活。那就是人類的核心責任和工作——介紹和諧與美做為理想世界的願景。」

「我了解，就一個從來沒有深究人類天性的人，我的反思聽起來純粹是理論、是抽象的。但是我想提醒你們注意到一個事實：就在這裡，一切都落實了。我們必須了解世界，要去理解它，這是我們的工作、我們的責任。當我們去理解、了解發生的一切，當我們為了一切的好而行動——那就是我們的工作、我們的責任。這工作永不停息。當一位老師本身用這態度生活和工作，這就是孩子所需要的老師。他不只是個說故事的人，他是一位實踐者。

「當孩子有一個家鄉，並跟隨家鄉的習俗、祖先的傳統，唯有如此，他們才會和諧發展。我常想，為何俄羅斯在今日的世界舉足輕重，而我相信這點是很重要的。因為俄羅斯保留了原始祖先的根源、語言、民族歌曲、民族舞、民族精神，以及數千年來與大自然仍舊生氣活躍的關係。這裡不是指從猴子而來的人類，而是從上帝而來的人類。

「我很高興聽到你們在從事有機農耕，你們回歸大地。這是人類現在最該做的事情——將偉大世界與我們的地球連結在一起，拯救它、保護它，這是我們在地球的工作，我們的天賦使命。」

「我們必須將擁擠的校舍大門打開，讓孩子回歸大地。這是宇宙所需，因為當孩子自己動手，讓地球變得更美麗時，他們會從中獲得知識經驗，而這才是真正的教育。

「我認為，如今我們必須了解，將童年和成年生活區分為兩部分的時代已經過去。『童年即是生活，生活即是童年』的時代已然來臨……。

「我們反省生活，小孩也反省生活。他們深思人生，我們也深思人生，這些都是我們與他們自然的關係。不僅如此，我們隨著人生的進展，建立生活。我們不會拖延到明天，當下便建立；我們接受人生並建立生活。在這裡，身為宇宙的一份子，我們和孩子一起合作改善地球的生活環境，是我們成年人應盡的責任。

「順便一提，我們非常重視語言。因為人是隨著其話語而行動，因思想而改變。很有可能，話語和已創造出的結構性世界相關，和樹木、顏色也有關聯；而思想則和有待創造的世界相關，和正在進行的世界有關聯。這也是為什麼當俄羅斯人說話，你是不可能去翻譯的。因為『我愛你』和『Ya lyublyu』畢竟是完全不一樣的。差不多，但方式不同。上帝就是上帝，愛就是愛。雖然類似，但角度不同。因此，翻譯者的職責，當然，總是吃力不討好；我一直很佩服他們這麼勇敢地工作。

「我只想說，現在最主要的不是問：『我們是怎麼做的？』來概括認定我們做這些的目的是什麼。因為孩子的人生並非到了教育機構就結束，也不是在教育機構才開始。孩子的人生，是跟生活、跟發生的一切有了真正的合作才有開始及結束的。我的意思是，就周遭所發生的一切，我們應該盡快帶他們進入狀況，和他們一起思考，一切都跟著感覺、良知來做出改變。這是核心。也可以說，孩子是非凡的存在個體，他們是陛下、是殿下。我們要視他們為至高無上的生命。」

# 特別收錄：未來的學校？——一個願景

克莉絲塔・楊辛斯基著（Christa Jasinski，德國Garten Weden雜誌創始人）

這所小鎮學校的建築非常漂亮。外牆很有藝術感，校園像座大花園。我走近端詳一番後，才走進學校。學校一共只有三間完全不像教室的教室。每間教室牆上釘有架子，擺放的東西琳瑯滿目。其中兩間教室的正中央各有一張大圓桌，桌邊放了許多椅子；另外一間，也是最大的一間，一望而知是個工作室，可以在裡面做各種東西。

「這是我們的學校。」老師海蓮娜說，「孩子把材料放在學校裡，在這兒，他們可以做任何他們在家或在其他地方不想做、不能做的東西。」

那兩間教室其中的一間裡，有三個不同年紀的小孩坐在桌邊，各忙各的。我正覺得奇怪，其他的小孩都到哪裡去了？那教室裡的三個孩子顯然來自不同的年級。海蓮娜注意到我一臉狐疑，對我說：

「我們這裡上課和別的地方不一樣。我們沒有校規，孩子來這裡學習也沒有年齡的上限或下限。我們認為孩子打從在母體內就開始學習，而且人只要活著就不斷學習，學無止盡。在這裡，每個人都是學生也是老師，小孩子經常是我們大人的老師。孩子在我們這兒名符其實地從遊戲中學習，因為每一種遊戲都寓教於樂，整個學習的過程就是一種遊戲。我們的學校僅僅具備諮詢的功能。學校只是決定孩子要一起從事什麼樣的活動，要怎麼改善孩子一起遊戲時的互動。

「學生不一定要每天到學校報到，但這裡是所有事件發生的中心。孩子不需要老師站在面前講課才能學到東西。他們需要有人為他們解惑，啟發他們，並在他們想進一步研究卻遇到困難時協助他們。每一位鎮民在他們專業的領域裡都各自是老師。我是全鎮上唯一在校專職的人，因為學校不需要更多人力。我們的孩子能獨立思考，獨立行動。他們自行設立目標，並獨力執行他們想做的計畫。我最好舉幾個實例來說明比較清楚。我們可以到鎮上走一圈，看這些孩子在做什麼。要不我們也可以先進教室，先前您在教室看到幾個孩子，您可以問孩子我們是否可以打擾他們。他們可以跟我們解釋他們正在做什麼事情。」

我們走進那間教室。在我對孩子們自我介紹並且跟他們說我想了解的事情之後，他們便停下手邊做的事情，跟我解釋他們在做什麼。年紀最大的孩子先開始，她自我介紹說：

「我叫安妮瑪麗，今年十五歲。我現在在做一些跟電子有關的東西。我很早以前就對電子這個主題很感興趣，在我開始積極深入研究之前已經請教過很多人。我閱讀了一些相關書籍，但還是覺得有所不足。現在我在整理自己對這個主題的想法，準備要在同學和家長面前演講。今天早上我在校園裡曬太陽的時候，腦子裡一直想著電子。我現在在這裡要好好把我的想法理出個頭緒。在家裡我妹會吵我，我比較不能專心。而且在這裡有相關的參考書，有什麼不清楚的，我可以查資料。」

我問安妮瑪麗，是否可以讓我看她的草稿，看看她到現在寫了些什麼。這是她演講的序言：

你們都知道，約翰——吟遊歌者，前一陣子來到鎮上，並且應我的要求在我家待了兩星期跟我討論宇宙的奧秘。他對這個主題有獨到的見解。我們討論的過程讓我確定了一件事，那就是很小的物質，如原子，到很大的，如宇宙，對我而言都十分地美好。約翰啟發了我對原子的許多想法，甚至更細小的物質，如電子。我很樂意把我這段時間的想法和你們分享。

我認為電子是所有知識的載體，以我的看法來說，根本沒有其他可能性。電子無所不在，佈滿在各種物質之內，它們的形成決定生命的樣子。電子承載著所有電子形成物——已形成或是形成中——的資訊，因此我有機會親自與所有宇宙的生物和創造物，建立心智上的連結——我做得真的很開心。

還有一個想法是，當一個或多個電子的閃光集中累積起來，便能以「帶意識之物體」的形式表達它們自己。當我有了一個想法，試著把這個想法看做一個「物體」來呈現給我自己，我會接收到它想告訴我的事情，進而開啟我和宇宙溝通的通道。如果我用此方法應付我每一次的「靈光乍現」，那我就能夠理解這些靈感對我的意義，進而走在進化的道路上。

神的文字儲藏在電子的記憶中，當我們心胸開放地參與其中，我們便可以利用它——游刃在所有宇宙的居民當中。

「我目前只寫這麼多，」安妮瑪麗說。「我才剛開始而已。」

我向安妮瑪麗道謝，十分驚訝這樣的陳述來自一個才十五歲的孩子。稍後，我和海蓮娜討論了這件事。

第二個孩子自我介紹，她是三個小孩裡年紀最小的一個：

「我叫西薇，今年五歲。我拍了很多不同昆蟲的照片，都放在學校裡。我到學校是因為要整理這些照片，還要給照片加上說明。我媽媽覺得我可以在社區中心舉辦一次很棒的攝影展。我很喜歡昆蟲，只要到野外，我就四處找昆蟲。現在我知道哪些昆蟲喜歡生活在比較乾燥的環境，哪些比較喜歡河流低窪地。昆蟲也有牠們喜歡的棲息地，就跟我們一樣。我現在能很肯定地說，有些昆蟲住在水裡，有些卻喜歡乾燥的沙地。我拍了很多照片，也觀察牠們喜歡吃什麼、怎麼生活。我要把這些都寫下來，然後在攝影展時展出。當我遇到困難時，我爸爸或是海蓮娜會給我建議，我便可以繼續進行。」

西薇把她拍的照片給我看，那些照片幾乎可以媲美專業水準。我問西薇她怎麼能拍得那麼棒，她解釋說：

「我們鎮上有位藝術家，他真是個攝影魔術師。我經常跟著他去拍照，在旁邊看他怎麼拍。不久前我爸爸送我一台相機，我把我喜歡的東西都拍下來，一邊練習攝影技巧。」

我問第三個孩子。他說他叫華特，今年九歲。他來這裡其實只是為了到學校圖書館挑些書。

「我們要看這些書，查一下哪些木材最適合用來造我們的帆船，並且要計算看怎麼造一艘船。」他接著說，「我們一共有五個小孩要一起造一艘帆船。您願意的話，可以跟我去我們那裡看看。我們就在外面草地上，正在討論怎麼做最好。」

他拿著那些書，我跟著他出去。在草地上，坐著不同年紀的另外兩個男孩和兩個女孩，他們正在畫各種不同船隻的草圖。華特跟他們介紹我是誰，解釋我為什麼會在這裡。其中一個女孩站起來開始說：

「我們五個計畫一起造一艘帆船。我們一切都自己來。從畫船的草圖、計算數學和物理數據、計算所需要的各種材料等，一直到動手造船。我們才剛開始。您看，我們甚至對於這艘船的外型都還沒有共識。我們每個人各畫一張草圖，跟其他人解釋自己的構想。之後我們才決定，看看哪一艘船對我們來說最適合，最可能付諸實現。麥可精於木工，他會在我們造船時給我們建議。

「我們造船的同時也要上課。天氣不好，我們不能在戶外造船時，就可以學習怎麼應付不同的風象，學習跟駕駛帆船有關的一切。我們當然也要自己縫製船帆，裁縫師瑪麗安會協助我們。要編織船帆，我們還要先去另外一個地方，那裡有人擁有較大型的織布機，他要教我們怎麼織布，我們才能自己編織。等我們造好船，曼紐埃會教我們怎麼駕船。曼紐埃駕駛帆船技術一流，他是這一帶最棒的帆船手！」

我驚訝得說不出話來。打造一艘帆船需要多少知識！這五個孩子從尋找知識到造船一步步都要自己來。這牽涉到數學和物理的知識。孩子要知道哪種木材適合造船，要怎麼處理才能防水，他們要學習雲層形成的意義，要了解氣象學，還需要做很多手工的工作。要進行這樣一個計畫，孩子會學到各種不同領域的知識，同時他們會得到許多樂趣。這跟我們以前在學校學習枯燥理論的差別甚大！

我向那些和我談話的孩子致謝後，便跟海蓮娜回學校。在學校裡，我們碰到另外幾個孩子。海蓮娜問一個較高瘦的男孩：

「瑪格努斯，要不要跟我們聊聊你在這所學校感覺如何？」

瑪格努斯看看海蓮娜又看看我，遲疑了一下才開始說：

「我父母和我四個月前搬到這個小鎮，對我來說，這是個很大的轉變。我以前並不知道有這樣的學校。我從七歲開始上一般的小學，接著上中學。學校對我來說，總是像監獄一樣。雖然課程對我而言是容易的，也有一些我喜歡的學科，但要配合學校生活的節奏對我來說很困難。另外，我也不喜歡考試。

「我很怕考試，怕考不好，大多數時間我也考得不好。我屬於那種有考試恐懼症的人。在學校裡，只要是我感興趣的課程，我都能學得很好，要記住課程內容或跟人討論都不成問題。但只要一拿到考卷，我就開始胃痙攣，根本無法思考。此外，在學校大家總是一較高下，這點我真的很難理解。我父母從來沒有給我壓力，即使有時候考不好，他們也不會小題大作。可是我看我同學的父母都給他們非常大的壓力。如此一來，班上根本沒有什麼互助合作的情誼可言。

「我一開始轉到這所學校時，覺得十分困惑。我到學校，想說有人會告訴我該坐在哪裡，等老師進教室上課。完全不是這樣。我聽說學校八點開門，八點鐘我就到了學校。校園裡──其實根本不像校園，比較像一個漂亮的公園──沒有吵雜的喧鬧聲，也沒有上課鈴聲催學生進教室。每一個到學校的孩子似乎都知道自己該做什麼。他們進到某一間教室裡就開始閱讀、畫畫或做手工藝。有些小孩也只是到學校裡來拿東西，拿了就走。即使沒有老師，每一個學生都知道自己該做什麼。我先站在一旁觀察了一會兒。學生陸續到學校，最後一個大約九點半才到。沒有人管時間。海蓮娜大概也在八點半才到學校。

「她看我有點不知所措地站在一邊，就跟我講話交談，幾乎完全不管其他孩子在做什麼。她沒有問我到目前為止學了什麼，只問我對什麼有興趣，等我回答了之後，她才又繼續問。她想多了解我。我在以前的學校從沒經歷過這樣的事，這讓我更加困惑。但海蓮娜對我的很多回答都幽默以對，她讓我開懷大笑，之後我才比較放鬆一點。我對她產生信任後，便開始侃侃而談。我只是很驚訝，她為什麼花這麼多時間在我身上，其他的孩子都自顧自地做事，雖然沒有人告訴他們該做什麼。我從來不知道有這樣的學校，也從來沒有碰過哪個老師這麼想要了解我個人的事。我們聊了快一小時，她才跟我解釋這所學校怎麼上課。我已經注意到，這裡的學生很獨立；我也看到，他們有部分的人在不同的小組裡一起分工合作。年紀不重要，很小的孩子也和很大的孩子一起做事。

「這裡沒有分班，和其他學校不同。學生一起研究，學習他們共同計畫所需要的知識。某個學生提出一個他想深入研究的主題，任何其他有興趣的學生都可以參與。我目前在一個研究『自由能源』的小組裡。組裡最小的孩子八歲，最大的十七歲。八歲的亞娜如果有什麼不懂的會發問，年長的孩子會回答她的問題。年長的孩子從亞娜和其他比他們年幼的孩子身上也學到很多。因為亞娜和其他幾個孩子一開始就在這所學校上學，他們很早就學習不一樣的思考方式，不像其他年紀較大的孩子，他們之前的學校僅單方面教導以『純粹獲取知識』的模式去思考。以『純粹獲取知識』模式思考的話，根本無法進入『自由能源』的領域。對於從一般物理學和數學衍生出來的學問，我們需要花很久的時間才能體會，比如說：元數學和形而上學。」

「老實說，一時之間，我也不知道那是什麼……。」我承認。

「剛開始我也不行，但亞娜和其他人都無所謂，他們不在乎什麼學術名稱，他們自然而然就有想法，他們思考方式不一樣。他們提出的某些問題，有時會引導我們到一些新的方向，是我們完全想不到的。這樣的學校真是太有趣了！我每天都很期待跟我的小組一起學習新知。使用右腦幫助思考的這一方面，我們還有很多要學的。可惜我不是從一開始就上這麼棒的學校。海蓮娜不像是我以前熟知的那種老師，她對我們而言，比較像是朋友、顧問、幫手或更甚於此。她啟發我們，事情進行不如預期時，她會安慰我們。她跟我們一起笑，我們之間起衝突時，她會幫助我們解決問題。」

這期間，有些孩子聽到我們對話便走過來。莉莉，六歲左右，一個精力旺盛的紅髮小女生，非常熱情地要跟我們分享她對這學校的看法。她滔滔不絕地開始說：

「我們要演一齣戲！我們是指尤亨、阿林娜、彼得、柯比尼安、馬仁和我。我們先想出一個很棒的故事，再把這故事寫下來，故事要寫得很詳細，要能寫出對白。這一點都不簡單。但阿林娜已經十六歲，她這方面很在行。我們其他人也幫她的忙。編對白時經常讓我們捧腹大笑，因為柯比尼安總愛說一些很奇怪的句子，聽起來十分好笑，但是大多數都無法用在對白裡。我們編劇編好之後就要畫舞台佈景。每個人負責畫一個場景。我堅持要畫童話森林，我畫得漂亮極了！不過有點小作弊，因為每一幅圖一畫完，我就拿去請教歐斯瓦，他住在鎮上，很會畫畫。他教我很多小秘訣，我也都很用心聽，所以我畫的童話森林才能變成你們所能想像最漂亮的舞台佈景。

「舞台佈景完成以後，彼得的媽媽到學校來跟我們一起縫製戲服。其實是我們自己縫的，彼得的媽媽是裁縫師，她來教我們怎麼縫。我扮演一個精靈，我跟她一起縫了一套好漂亮的精靈衣服。現在我們在研究角色。冬至慶典時，我們就要演出了。我們已經超級迫不及待了！這齣劇是關於小精靈、小仙子、植物精靈的故事，還有它們在嚴冬都做些什麼的情景。你要不要也來看看我們排練，你就能看到我們把所有地方弄得有多漂亮，看我們想出多少點子。冬天的大自然可是比一般人所想像的要更生氣蓬勃許多呢！啊，我要走了，馬仁已經在向我招手了，下一個就輪到我排練了。掰掰！」話才剛說完，莉莉就跑了。

海蓮娜請我到她家去聊聊我對這些經歷的看法。我們坐在海蓮娜花園裡的一棵大櫻桃樹下，海蓮娜準備了茶、沙拉、現烤麵包和麵包抹醬。我們邊吃邊談今天我對這所學校的所見所聞。海蓮娜解釋，大多數的孩子都自動自發地去開始研究某個主題。

「他們想做的通常是實用的東西，他們會去鎮上請教那些和那個主題有相關知識的人。當孩子開始問問題時，父母親也經常會啟發孩子去更深入研究他們所發問的主題。年齡不是問題，孩子只會從那些他們有信心理解的主題開始。

「如果主題是理論性的，像安妮瑪麗正在研究的，孩子就會準備演講，鎮上許多人會去聽。演講結束時，聽眾自然會發問，如果孩子可以回答就回答。孩子大多數的時候都有答案，有些回答甚至令發問者很驚訝，因為即使是他們自己，可能也無法回答得這麼好。大家藉由這樣的方式，從孩子身上學到很多。如果有一個或幾個問題孩子無法回答，孩子會先向發問者致謝，承諾會再深入探討主題，並在適當的時間內答覆這些問題。我們的孩子從小就學習獨立思考，他們通常認知很清楚，解決問題的方式也很高明，鮮少有鎮民不愛來聽孩子演講。這些演講不是枯燥乏味的照本宣科，多半是孩子描述他們如何想到這些點子，如何想到這些呈現方式。大多數的演講都很幽默。

「如果孩子做的是藝術創作，社區中心會有經常性的展出，那些作品的品質通常令人驚豔。孩子如果做的是手工藝品，多半是給他們自己的，例如衣服或工具，或者送給他們喜歡的人，或是捐給鎮上的社團。比如在社區中心前的那些桌子和長板凳就是孩子做的，帆船最後也會捐給鎮上的社團。當然，鎮民或是鎮外人士也會提供相關的課程。內容包羅萬象，從音樂、藝術、科學、健康到與日常生活有關的各種主題。不僅孩子可以參加，有興趣的大人也可以參加。

「大約半年前，有一位吟遊歌者到我們這裡跟孩子討論宇宙的構成。您也知道，這個主題讓安妮瑪麗深深著迷，她想繼續深入研究。安妮瑪麗的家人於是邀請那位歌者到家裡住幾天，並向他提出，如果他願意，可以和安妮瑪麗交流，他也同意了。安妮瑪麗是個求知慾很強的學生，和她討論這主題帶給他很多樂趣。他住了兩週。安妮瑪麗現在就這主題演講的內容有許多是她自己的想法。這裡小孩的演講內容多半根據現有的常識基礎，再加進自己的想法。

「您看，我們並不是那種老師站在孩子面前像個智者，而孩子在台下當聽眾的學校。我們和孩子們平起平坐。上課時，課程領導者和聽眾圍成一圈坐著，在講課過程中，不斷鼓勵大家腦力激盪。這些課通常很有趣，枯燥乏味、照本宣科的上課方式，在我們這裡是不曾有過的。我們知道，唯有對一個主題有感覺，我們才能夠吸收裡面的知識，並且牢牢地記住。枯燥的演講並不能讓人心神領會，若要有所領悟，必須要有感受。唯有身、心、靈共同參與的學習過程，才是正確的學習。

「一個孩子，建造一艘帆船——從計畫到完成並且自己駕駛自己建造的帆船——一切都靠自己，絕對不會忘記自己學到什麼。反之，一個死背物理公式的孩子，一定很快就把這些公式忘得一乾二淨，因為這些公式和實際生活沒有連結，他感受不到這些公式的作用。對我們而言，學習最重要的是樂趣和實踐。安妮瑪麗也是和電子有實際的接觸、有心智上的溝通，這些實際的經驗對她了解電子這個主題一直都很有幫助。當時，我也有幸參加了約翰的討論會，他讓我們充分體會到宇宙的意義——我們一起走了一趟心智之旅。」

開車回家的路上，我想了很多。我也好想上這樣的學校。這跟我到現在所認識的所有學校，真的有如天壤之別！

# 謝琴寧學校
## 人類的新未來


| | |
|---|---|
| 作者 | 拾光雪松編輯／選編 |
| 譯者 | 戴綺薇、郭紋汎、林羽儀 |
| 協助譯者 | 陳素幸 |
| 圖片 | 阿克西妮亞・莎姆伊羅娃（Axinia Samoilova）、<br>MAITREA製片© |
| 封面設計 | 斐類設計 |
| 排版 | 李秀菊 |
| 出版發行 | 拾光雪松出版有限公司 |
| 網址 | www.CedarRay.com |
| 書籍訂購請洽 | office@cedarray.com |
| 總經銷 | 紅螞蟻圖書有限公司 |
| 地址 | 台北市114內湖區舊宗路2段121巷19號 |
| 電話 | 02-27953656 |
| 初版一刷 | 2016年6月 |
| 定價 | 400元 |





國家圖書館出版品預行編目資料

謝琴寧學校：人類的新未來／拾光雪松編輯選編. 戴綺薇、郭紋汎、林羽儀譯. -- 初版一刷 -- 高雄市：拾光雪松, 2016.6

面；12.8×19公分.

ISBN 978-986-90847-3-4（平裝附光碟片）

880.57　　105008944